염항화 시집

여자의 몸이 밝아진다

염향화 시집

여자의 몸이 밝아진다

나를 말리는 저들, 저들을 나도 한 번 안아봤으면, 아물지 않을 상채기를 갖게 된대도 끌어안고 한바탕 뒹굴어봤으면…….

짝사랑만 거듭해온 날들이었습니다

연서 한 장 보내 보지도 못하고 어떡하면 잊을 수 있을까 하며 전전긍긍해 온 날들이었습니다. 그 짝사랑의 편린들을 모아 묶어둡니다.

이제 그 짝사랑을 끝내려 하기 때문입니다.

'시란 무엇인가?'하고 묻는다면 '나는 정말 시를 모릅니다'라고 답할 것입니다. 다만 내게 '詩'는 나와 또 다른 자신과의 통로이며 또한 그들 자신입니다. 특별히 애정이 가는 무지렁이인 나에게 무조건적인 사랑이며 질책인 것입니다. 내 안에 있는 그들을 그들 모습대로 바라볼 수 있기를 그들이 내 안에서 만큼은 자유롭기를 소망합니다.

나는 내 안에 무엇이든 쌓아 놓기를 좋아합니다. 욕심껏 이것 저것 담아 둘려니 넓혀야 하고 깊이 파내야 합니다. 그 곳은 자잘한 아픔들 슬픔들 보잘 것 없는 사랑들이 잡풀처럼 뿌리내려 자라기도 하고 바람도 물도 다양합니다. 나는 이 모든 것을 사랑합니다. 내 시는 이들에게 보내는 연서이기도 합니다. 대개 연서는 유치합니다. 아마도 내 시들도 그 범주를 크게 탈피하지는 못했으리

12

라 여깁니다. 그러나 그 유치함이 부끄럽지는 않습니다. 사랑 고백을 빙빙 돌려 해대는 무지렁이 습성이 딱히 맘에 걸립니다.

　날새마을엔 원추리 흐드러지던 함박산이 있었습니다. 어릴 적엔 함박산에 길 내는 놀이가 즐거웠습니다. 덤불을 헤치고 가다 보면 지나온 자취대로 길이 나 있곤 했습니다.
　그 길을 마음에 담아 왔습니다. 지금은 마음에 길 내는 놀이를 좋아합니다. 마음이 지나는 대로 사는 모양대로 길이 나고 그 길은 그대로 내 시가 될 것입니다.
　언젠가 누구나 오갈 수 있는 통로가 어느 풍경에 놓여도 좋을 길이 된다면 행복하겠습니다.

2000년 8월 중순
저자 **염 항 화**

염향화 시집 / 여자의 몸이 밝아진다

차례

염향화 시집 / 여자의 몸이 밝아진다

차례

염향화 시집 / 여자의 몸이 밝아진다

차례

염향화 시집 / 여자의 몸이 밝아진다

차례

염항화 시집 / 여자의 몸이 밝아진다

차례

여자의 몸이 밝아진다

  햇빛 그 거친 손을 빌어 한 평도 못되는 베란다에
여자는 금줄을 친다 접착제가 실밥처럼 몇 가닥 한
들거리는 실내화 옆에 맨 종아리를 내어놓는다 종아
리가 예쁜 여자에게 그녀의 아이들은 속내 다 보이
는 함박 웃음을 내민다 웃음을 받쳐들고 여자는 주
방으로 간다 햇빛이 끌려간다 끌려가며 발버둥친 흔
적을 여자는 맨발로 쓰윽 문질러 지운다 발바닥이
후끈한다 아이들이 숨는다 여자도 숨는다 몸이 밝은
여자가 맨 먼저 들키고 늘 그랬던 것처럼 여자는 술
래가 된다 밤 깊도록 깨알 만한 아이들 꿈을 감쪽같
이 훔쳐내는 여자의 날카로운 꿈과 날렵한 손 끝 주
문이 걸린 걸까 까닭 없이 여자는 가볍다

휴일 풍경

비탈을 내려오는 바람 걸음이 서툴다 급한 마음을
길가 풀섶을 골라 내려놓고 바람이 지나도록 가슴을
열어둔다 상대원행 버스 종점이 다 모인 사기막골
궁전 아파트 만삭의 여자가 웃음 한 장 뜯어 가볍게
날린다 웃음 한 장에 기대 가위 바위 보 한 장씩 뜯
어 낸 이야기가 수북히 쌓인다 궁전 아파트는 비탈
이 길다 아파트 입구 목련꽃을 열고 열흘이 지나서
야 맨 윗동 목련꽃이 열린다 손주 놈 윤기나게 닦아
내어놓고 계단 위에 곱게 앉아 햇볕 고르는 노파, 빛
이 나는 그녀의 눈길을 아이는 요술봉처럼 흔들고
보잘 것 없는 이삿짐 옆에 무심히 서있던 그녀는 그
녀를 아무데나 주저앉힐 것만 같은 만삭의 배를 밀
며 빛 가운데로 천천히 걸어 나왔다 바람이 흩어진
다 흩어지는 바람 꼬리를 물고 이야기들이 몸을 털
고 일어선다 아파트 지붕 위에 웃음이 날린다 만국
기처럼 오늘은 그녀의 이사를 기념하는 날

터널을 지나다

터널을 지나면 안개사태로 텃골 아침은 아름답다
길 한가운데로 쏟아져 들어오는 그리움에 눈이 부
시다
담을 이루어 건네다 보는 슬픔들을 따라가다 보면
웅덩이처럼 불쑥 저수지가 있다
저 슬픔들의 부축을 받아 걸어 온 길이 물길 같다
나는 물길을 걸을 만큼 가벼웠을까
마음을 뒤적이며 성성한 백발의 그리움이 손을 내
밀고
우리는 나란히 걷는다
슬픔을 따라 굽어진 길 곁으로 그리움이 잘 썩는다
는 명당 터가 있다
자잘한 슬픔 한 다발 건네 안고 봉분뿐인 빈 묘 앞
에 선다
아침 저수지엔 솟구친 찌와 펄떡이는 미끼 그리고
빈 의자가 보인다
버려진 건 독백뿐일까
서로 보듬고 지낸 밤 인연이 깊어 달려와 온몸 던
져주는 덕분으로
아침을 짚고 낯선 문을 들어서는 것처럼
가슴에 진을 치고 쓸고 닦고 윤 내는 아픔을 더러
더러 퍼 올리면서

굴곡진 가슴을 잘도 골라 흐르는 눈물
여기서부턴 그의 길 안내를 받을까
들꽃 무더기로 속으로 사라진 길이 이렇게 뒤돌아
보니 보인다

산행

다람쥐를 따라
그리움을 줍는 것이지요
솔숲 가득한 바람 발자국
마음에 옮겨 찍어보는 것이지요
그대 안을 바람처럼 걷고 싶은 것일 테지요

그리움을 지피면
그 온기로 슬픔을 꽃 피울 수 있을까요
소국같이 그리움 한 다발 가슴에 안아 들고
한가로이 걷고 싶은 숲 길
무지렁이 사랑을 던졌지요
상심한 풀이 휘청이고
작은 잎보다 더 작은 꽃을 매단
풀을 뽑았지요
상심한 풀에겐 작은 것이 잘 보일런지요
땅에 물려 끊긴 작은 풀뿌리들이
산새 알 같은 사랑 한 알씩 품는 것
가만 지켜보는 것이지요

네 안에 팔 벌리고 서서

벼 나락을 주워 팔아서 간신히 만날 수 있었던 테
스를 수월하게 불러내어 가을 새벽을 나섰다 노을을
밟고 달빛을 밟고…… 이슬에 흠뻑 젖어 찾아와 맨
먼저 너를 만나고 싶었고 말없이 그녀를 거울 앞에
세우고 가까운 풍경부터 걸어 가는 마흔살의 눈으로
너를 보게 하리라 맘을 다지곤 했었다 그녀는 나보다
한 철을 앞서서 살았다 그녀가 살아 낸 계절이 징검
다리로 놓여지면 나는 그만 징검돌이 되고 싶었지만

네 안에 팔 벌리고 서서 허수아비가 될까

그녀를 잃어 버렸다 문풍지를 흔들던 바람에 정신
팔려 있을 때 아니 너로 인해 문풍지처럼 울고 있을
때 한 계절을 뚝 끊어 함께 사라진 그녀를 만날 수가
없었다 슬픔을 뽑던 눈부신 그녀의 손을 그리움에
감던 물결 같던 그녀의 눈을 길섶에 비껴 있는 마른
잎들처럼 기억했다 슬픔 한 솔기 그리움 한 솔기 코
를 만드는 하루 뜨개질이 익숙한 그녀가 행복에 이
르는 계단을 올라가더라는 풍문이 회오리치던 날 꿈
에 한 컷의 풍경으로 그녀가 보였다

한참을 걸어가야만 안개를 벗어날 수 있는 허수아
비 마을에서는 나락을 줍지 않았다

저녁 숲에서는

단단하게 제련된 슬픔밖에
달리 저당 잡을 만한 것이 없군요
몇 알갱이를 불빛 아래 살펴봅니다
날개를 달고 싶은 사랑이
눈물이 가만가만 솟기 시작한 숲
굴참나무 잎사귀에 고치를 틉니다
숲에 내리다 제 소리에 놀란 별빛이
어둠 속에 숨어들자 긴 밤이 시작됩니다
고치는 누구의 하늘을 날고 싶을까
숲엔
굴참나무 잎사귀로 만들어진 사랑고치 무덤도 있습니다
사랑고치를 묻으며 누군가 노래를 부릅니다
숲 속 잎사귀들이 가만가만 슬픔을 매답니다

빈 오선지 위를 걷다

쓸쓸함이 깊어
눈 새롭게 뜨이는 불혹의 나이마저
길을 잃는 밤
제 잠 속까지 함께 가고 싶은 아이는
나와 손깍지를 낀다
무심히 눌러본 아이의 건반
악보 속 세상이
까막눈에도 황홀하게 읽혀지고
내 손을 빌려 음계들이
아이의 꿈 속에 들면
나는 빈 오선지 위에
높은 음으로
혹은 낮은 음으로
짧은 음으로 또는 긴 음으로
되풀이하여 사랑으로 걸리고 싶어진다

넉넉한 것은 슬픔뿐이던가
그 늪지에선
자운영 꽃이 흐드러지게 피어나고
아찔한 기다림의 여백이
아이의 동그라미로 메워지는데
슬픔에 조율되는 내 마음 속에

동그라미 하나 들어와 소리를 낸다
아이와 동행한 건 내 불면의 밤
빈 오선지 위를 걷는다

그림일기

종이배를 띄워 놓고 아 참 사공이 없잖아 아이는
돌아앉아 그림을 그린다 눈 코 입 귀… 손가락 발가
락 다 그려 놓고 고개를 갸우뚱거리더니 음표로 여백
을 가득 채운다 이젠 됐어 일어나 아이는 사공을 깨
우고 음표들을 일으킨다 아이는 음표들의 고운 음을
타고 간다

하루를 접어 띄워 놓고 아 무료해 돌아앉아 그림을
그린다 새벽이 지나고 정오가 지나고 기다림을 넘어
서면 다급해진 어둠이 달음질쳐 온다 선 밖으로 밀려
나오는 색칠 별과 달과 엄마를 그려 넣고야 비로소
아이는 음표가 되어 엄마 곁에 눕는다 시샘하듯 바람
이 한 점 스친다 달과 별을 지나서 하늘은 아직도 그
려지고 있다

과속하고 싶은 길

진입하면
출구로만 갈 수 있는
과속하고 싶은 길이 있다
꿈을 꾸게도 하고
두려워 하게도 하는 사각지대
목숨보다 우선 순위에 놓여지는 것이 많은
운행일지
안전거리를 두고
내 뒤를 따라와 줄 사람이 있을까

가속페달 위 발끝이 무디다
출구 하나 지나면서
견인되어진 추억의 한 때
안부 건넬 염치조차 없어
눈을 질끈 감고 싶어진다

고성능 안전벨트를 매면서
곧 폐기처분 될 비밀번호를 입력한다
길 가장자리로 비켜 비상등을 켜고 나서야
이정표 외에는 달리 안내자가 없다는 것이
생각날 때처럼

나는 내부수리중

그가 눈빛만으로 내 가슴에 구멍을 냈다 나는 그 때부터 구멍으로 숨을 쉰다 구멍으로 말도 한다 그 가 그 구멍으로 온다 내 생각의 고리를 뜯어버리고 그 자리에 「내부수리중」 팻말을 건다 그는 내 것 을 잘도 버린다 절대 뒤를 돌아보거나 버린 것을 다 시 뒤적이는 법이 없다 나는 그에 의해 행복하게 버 려진다 그는 이렇게 내 안에 자신의 자리를 닦아놓 더니 팻말을 거두고 외출을 했다 혼자 있자니 새삼 스레 그가 버린 것에 마음이 쓰인다

구멍 안은 햇볕 잘 들고 바람 잘 드는 수줍움 많은 사람들의 자질구레한 이야기를 쌓아 둘 선반이 많았 으면 좋겠다 선반 위에서는 먼지도 동등한 대접을 받았으면 좋겠다 이야기 틈에 끼어 시간도 담고 그 의 지문도 새기고 우리의 포옹도 그려주는 먼지를 보게 되면 좋겠다

그는 아직 돌아오지 않는다 그의 자리를 뽀오얀 먼지가 채워 간다 햇볕도 잘 들고 간간이 바람도 든 다 달콤한 밤잠을 이루고도 요즘은 낮에도 졸립다 덜 잠긴 수도꼭지에서 물이 맑은 소리를 내며 떨어 진다 나는 그 소리에 박자 맞추듯 눈을 떴다 감았다

한다 설거지를 마저 해야 한다고 생각하면서 「내부
수리중」 팻말에 자꾸 손이 간다

또 다른 시작

바람에 밀리고 있었다 버팅긴다는 것이 맹랑한 일
인 줄 알면서도 매번 몸엔 힘이 박혀 꼿꼿해지곤 했
었다 철 따라 달라지는 바람 길처럼 내 바람 속내도
알 수 있다면 바람 마주서면 끝이 보였다 할 수만 있
다면 곧장 멈추고 싶은 멈춘다는 건 이미 존재하지
않는 것 치사량의 안정제가 내 기력에 맞게 바람 재
워줄 듯해서 일몰을 받는 바다처럼 약들을 삼켰다
말초신경 뻗어 정신과 계단 오르내린 날은 먼지처럼
가벼웠다 그런 밤은 바람에 엎드려 기분 좋게 나를
관찰하곤 했다

먼지 주의보가 내렸다 근시안에도 먼지가 잡힌다
상봉터미널 부려진 촌뜨기 먼지군 신나게 달려오는
중곡동 먼지군과 맞닥뜨린다 나는 잘게 부서져 먼지
군 속에 틈입자가 된다 손상되지 않은 정신이 캡슐
에 담겨 있는 철문 안은 반짝이는 눈이 많다

구름이 하늘을 가리는 날엔 오욕의 스위치를 내려
보자 꿈을 꾸듯 빛이 있다 아직 온전한 빛 그의 안전
을 확인해야 든든해지는 나는 캡슐 하나 얻기에도
힘겹다 내 바람 오기 있게 불어주고 언제쯤 미세한
분말이 될지 아득한 알갱이 흡수 잘 되는 약이 될 때
까지 그 바람 잘 견뎌만 준다면

나에 관하여 증명하라
― 단 사랑에 한함

그대와의 사랑은 수시로 구획선이 바뀐다
공유권에 관한 묵계, 명쾌한 판결은 나에 관하여
증명하라고 명령한다
주민등록표란 그대 아래 등재되는 이름과의 관계
위에서의 증명은 불완전하다

거리에 상관없이 장애물에도 거침없이 그대를 감지
할 수 있는 첨단 센서가 내 사랑 안에 있음을 믿었다
그 믿음은 그대를 서서히 지워갔다
선이 지워진 그대가 색으로 남고
색이 지워진 그대가 여백으로

사랑과 나의 그대가 일식에 들면 우리는 서로에게
완전한 공집합이 된다
공집합은 순간이다
그대와 나와 사랑은
따뜻하고 때로는 애절하게
서로를 보고 만진다
「나에 관하여 증명하라」는 명제에
참고자료로 그대의 탐험보고서가 첨삭되었으므로

사랑으로 예약된 밤은 촘촘히 빗질한 윤기 나는 어

둠들을 펄럭이며 오고
　사랑이란 거대한 오지에 가위눌리면서도 달콤한
꿈을 꾼다

붓꽃이 꿈을 따지

꿈을 땄지 할머니랑
햇빛 솔솔 뿌려진 붓꽃 속에
나 몰래 또르르 슬픔 흘려 넣으시며
붓꽃이랑
웃으셨지 할머니는
할머니 몰래 붓꽃 속 슬픔을 먹었지
마음 서늘히 밝히며
붓꽃이랑
눈가 잔주름 잡으며 웃었지

살면서 내내 아픈 것도
살면서 내내 슬픈 것도
네 속 도둑 같은 사랑 탓이지
당신 하얀 웃음을
슬픔 갈피에
한 장씩 끼우셨네
슬픔밖에 달리 아무 것도 없어
흙담 아래 붓꽃자리에 앉았네
달빛 솔솔 뿌리시며
붓꽃이 되려나 보다 웃으셨네

꽃이구나

눈물 같은 꽃이구나
속삭임에도 출렁이며
한 잎씩 피워내는
꿈이었구나 나는

너만이 아는 신대륙이

　근처의 풍경을 다 지우고 너만이 떠오르는 날이 반
복되더니 해독 안 된 문자처럼 너는 내 가슴에 박혀
있다 명치를 누르다 목젖까지 지긋이 치미는 이물감
한동안 너는 내게 불편한 이물질이었다 내 안에 들여
앉히기로 마음 먹으면서 마음을 따라가면 영락없이
네가 있다는 것이 실핏줄을 세우고 집요하게 따라 붙
는 시간들을 너 몰래 죽인다는 것이 봉인된다

　나는 안전핀에 손을 얹고 너만이 아는 신대륙이
내 안에 있을지도 모른다는 희망에 기대어 도리어
물이 올라 솜털 송송한 너를 생각한다 번개가 치면
천둥이 따라 울던가 감당키 어려운 물기로 하늘은
빠르게 가라앉는다 내가 떠올릴 수 있는 것은 이미
나를 거쳐간 것들이건만 여기에선 낯이 설다
　무릎 꿇고 들여다보는 하늘 안에는 너만 보인다

나는 바다로 간다

그대에게 끌려 무작정 따라나선 길은
언제나 바다에서 끝이 났습니다
부끄럼 많은 내 어린 사랑의
은신처였던 개펄
아버지가 노을 걷어 돌아오시면
말없이 별을 다시던 어머니
산다는 것에 막막할 때
정화수에 담긴 한 조각 하늘을
그대 손에 건네 받게 하시는지
죄에 묶인 마음 병이 깊어도
살과 피가 된 업에 내 목숨 빛이 나고
슬그머니 죽음의 팔짱도 끼워보며
내 전부를 소진해서 얻고자 하는 내 사랑
휴화산채로 그대 속으로 용암만 흘려 보내는
불이면서 불 한 번 뿜어 보지 못하는 내 사랑
당당하리라 하나
삶의 억센 팔에 끌려 가면서도
보호막을 짜는
어머니인가 하면 또한 나인 여자가
그리움의 벽을 넘고
갯둑을 넘어
물 때 맞춰 바다로 갑니다

미루나무

꿈을 먹고
하늘만치 파래진 이파리를 흔들던
그루터기만 남은
큰 오빠 중학교 입학기념으로 심었다던
키 큰 미루나무

길 가다 키 큰 미루나무를 만나면
싱싱하고 푸르게 매달려
나는 슬픔 한 잎
가볍게 흔들고 싶어진다

뻐꾸기 울음 하나
푸르고 싱싱하게
떠 오고

흔들리고 싶은 날
절로 흔들리는 날
미루나무처럼 다시 심어지고 싶다

경포대의 새벽

그리움이 깃을 달고 날아오르는
마음의 절벽 아래
아득할 그 곳을
어쩌면 눈을 질끈 감고
뛰어 내려야 할 것 같은
가슴에서
목울대에서
슬픔에 젖어 속삭인다
언제부터 거기 있었을까
빛이 되는 것들은
눈이 어둠에 익는 것이 두렵다
가슴에 소리가 살아 있어
잊혀지지 않고
나는 수시로 불리운다
밤새 머리칼을 잡아 끌어
잠 밖으로 내동이쳐진 새벽
바람소리 틈에서
수월케 내 소리를 걸러내고 있다

그 때 바다에서는

흙벽돌 사이에서 햇빛이 길을 잃었다
칠흑 같은 어둠 속에서도
빛나는 말을 달던 그 때
습자지 위에서 눈물은 꼿꼿이 서고
수갑 채워진 우리의 일용할 양식을
썰물처럼 넘으면서
개펄 속 조개처럼 여무는 밤
나는 몇 알 소금을 얻었다
바다가 가슴을 냅다 쳐대
울컥울컥 눈물을 빼내는 날
개펄 위로 다섯 발가락 선명한 발자국이 떠올랐다
칠순을 훌쩍 넘기신 어머니 가슴은
살진 조개가 풍년이었고
가슴에 숨어 있는 말 한 마디 꺼낼라치면
샘물처럼 눈물이 솟아
진주처럼 품어온 내 속 그 말들이
개펄 발자국 속으로 몸 갈아들면
내 속에서
숨죽인 바다 울음이 들렸다

아침

간혀 있다
무게를 이기지 못하고 떨어진다
한 방울 슬픔 속에 숨어 나온다

눈이 떨어진다
가슴에 눈을 달고
그를 따라간다
여보세요 가슴은 아니에요
눈을 주세요
그의 가슴을 맡아두기로 한다

가슴으로 그의 가슴을 닦는다
내 가슴이 윤이 난다

겨울 밤

바람구멍을 막다가
바람들게 내버려두기로 작정합니다
단풍 곱게 들거나
벌레 먹혀 숭숭하거나
겨울을 날려면 후루룩 떨어내야 할 것들
여름내 참 많은 잎을 달았지 뭐예요
언덕배기엔 구멍 뻥 뚫린 고목나무가 있었어요
구멍에 대고 큰 소리로 장보러 가신 어머니를 불렀지요
이파리들도 큰 소리로 따라 불렀지요 어머니이……
섣달 바람이 매서워요
고민 끝에
골방 하나 들이기로 했습니다
그녀 안에도 바람 피할 곳이 한 군데쯤은 필요했어요
부쩍 곱사등이 친구가 생각나요
등을 좀 보여주세요
긴 겨울 밤 등허리가 근질거리면 밖으로 나가지요
몸의 구멍은 겨울에 깊어진답니다
구멍에 대고 섣달 바람이 어딨니 나를 찾아요
어딨니이…… 그녀의 바람도 따라 했지요
그녀 안 골방에 양초를 넉넉히 준비해 두어야겠어요

꽃망울 같은 비를 만나면

꽃망울 같은 비가 오는 날
처마 밑에서
그대와 함께 꽃망울 같은 비만 보았습니다
가슴 뛰는 소리만 들었습니다

지나다가 문득
그 처마 밑에 들렀을 때
꽃망울 같은 비가
지붕을 때리며 지나갔습니다

그 날 이후 내 안에서는
꽃망울 같은 비가 그치지 않았습니다
다시 한 번 꽃망울 같은 비를 만난다면
흠뻑 젖어보겠다던
나도 그대도 그 비를 보지 않았습니다

기억의 댐

햇빛 노저어 가을이 옵니다
물방울 속에 그대를 숨겨 보내고 곧 일어날 추락
을 지켜볼 참으로 방류를 시작한 물이끼 눈부시게
푸른 기억의 댐에 앉습니다

번데기 껍질을 찾았습니다 아름다운 나비를 생각
하며 거기 꼭 맞는 오색 영롱한 날개를 가진 파리를
잡았습니다 날개가 아름다운 파리의 날개 달린 모든
생물의 날 수 있는 모든 것들의 집에 갇힌 그녀에게
서 영양실조에 걸린 임산부가 날품 팔아 사온 번데
기를 먹고 그 남자에게 윤기 흐르는 애기를 낳아 주
었다는 이야기가 흘러 나왔습니다

그것은 조금 큰 웅덩이에 불과했습니다 종아리를
걷어 올렸지만 나는 손을 길게 뻗어 쓰다듬어만 보
았습니다 껍질뿐인 그녀가 기다려온 것이 손에 잡힐
것만 같았습니다 추락한 것들은 움직일 수가 없었는
지 모르겠습니다
고추잠자리 날갯짓에 빛 보라가 일었습니다

추억의 마을

죽음이 경비를 서던 날 넓고 깊은 슬픔 속으로 손을 넣어 천천히 우리의 별을 흔들었습니다 반나절 햇볕으로 너끈히 버티는 마을로 유성이 떨어졌습니다 하나 둘 꿈의 수용소가 생겨났습니다 마을 사람들이 철조망을 치고 여러 가지 약속을 걸어두었습니다만 매일 밤 우리는 꿈의 수용소를 탈출해 그곳에 갔습니다 몰래 그리움을 마시고 몸이 뜨겁게 달아서 숨가쁘게 슬픔을 건너서 마을 가장 높은 곳으로 곧장 우리는 타올랐습니다

수용소 사람들은 그 날 밤 봉화가 오르는 걸 보았습니다

할머니 냄새가 좋았다

할머니한테서는 좋은 냄새가 났다 어머니 몰래 꺼
내 주시던 꼬깃꼬깃 구겨진 종이돈 냄새와 잔칫집
부침개 냄새와 횟배 쓸어내리시며 불러내던 만신들
의 독특한 냄새 할머니한테서 나는 냄새가 좋았다
깡마르고 키 작은 할머니가 마을가시면 아이구 내
새끼 연신 읊조리시는 할머니의 탄성을 들을려고 우
리는 다투어 할머니를 업고 돌아왔다 곰방대에 불
붙여 드리는 일 지팡이 챙겨 드리는 일 등 긁어 드리
는 일은 참으로 신이 났다 낡은 면경 앞에서 숱 적은
희끗한 머리칼을 참빗으로 빗어 쪽 틀어 올리시곤
환히 웃으시던 할머니는 만신들의 이름을 잊기 시작
하면서 혈육을 하나씩 지워가셨다 그 때부터 나는
할머니의 아들이 되기도 했다 아버지를 할머니의 아
들로 되돌려 드리면서 나의 설움이 할머니와 함께
삭아들기 시작했다

봉숭아 여린 꽃잎
푸른 손깍지 안에서 단풍들면서
꽃씨를 받는다
열성 종자가 열성 종자를 만난 서러운 씨내림
족보에 이름이 오른다
수식어로 몇 행을 채우면 성이 찰까

헐거운 시간을 건너
밑금 치며 하루를 읽는다
봉숭아 꽃물들인 손톱 잘라내며
뜯어 새를 접는다

내가 놓쳐 버린 종이새가 난다

만신들은 제자리로 다 돌아갔는데 내 뒤엔 조상신
이 따라다닌다 했다 수년만에 처음으로 할머니 무덤
을 찾았을 때 몹쓸년 할머니 혼잣소리가 날았다 할
머니 냄새가 갯둑을 찬찬히 훑어내리더니 방파제를
넘었고 그 날 이후 바다에서는 할머니 냄새가 났다

산행 · 2

제 줄기에서 튀쳐나온 바람 한 뭉텅이
나무줄기를 달려 오릅니다
잎사귀들이 소낙비같이 후려치고
푸르게 매달려
꿈을 건져 올리던 풍경소리
산빛에 끌려갑니다
바람의 눈으로
은밀히 숨어 지나던 슬픔을 보았습니다
사랑 갈피에
간지처럼 슬픔을 끼워 넣습니다
오솔길을 들어서면서
작은 아픔들도 만납니다
여린 풀잎에 베이면서

그녀의 날새마을에 가다

그 날 바다는 바람만 무성했다
그녀는 걸신들린 것처럼 먹어대곤 연신 토악질해댔
다 그녀의 토악질은 끔찍했다 그 난리통에도 멀쩡한
길 한 놈 유괴해 홀러덩 헹구어 집으로 가져왔었다

그녀가 보고 싶을 땐 날새마을에 간다
제 년 속 끓여 제 년 지가 잡지
그녀는 그렇게 죽었으리라 토악질하는 걸 그녀의
아비에게도 그녀의 어미에게도 들킨 적 없노라던 그
녀가 내 속에 무성하고 그녀도 바다를 보았을까 바람
무성하던 그 날 바다는 커다란 구멍이었다 부리부리
한 커다란 외눈박이였다 그 눈은 순식간에 나를 뻥
뚫어 놓았고 나는 그 구멍에 작은 구멍 되어 있었다

다시 그녀의 길을 놓는다
그 길로 그녀는 만리포행 16호 버스를 보낸다 몽
산포 24호, 천리포, 백리포, 연포…… 행　렬
산기슭을 돌아가면 일몰처럼 끊길 행　렬
행렬이었다 행렬은 느린 걸음으로 그녀를 향해 있
었다 그녀는 끝을 생각하며 걸었다고 했다 그녀의
끝은 나였던 것일까 그녀가 끝을 생각하며 걸었다는
날은 영락없이 그녀가 내게로 왔다 그녀와 함께 보

는 바다는 물뿐이었다

　간혹 바다보다 큰 파도가 그녀처럼 내게 머물다
떠난다

푸른 잎이 돋기 시작하면

늘상 마음이 급한 건
욕심 때문이지요
욕심부릴 만한 단 한 가진
당신 뿐이지요
봄비 지나자
산이 푸른 눈을 뜹니다
푸른 눈빛을 받으면서
오소소 몸을 떨어 나를 깨웁니다
눈 뜨면 맨 먼저 당신께 갑니다
바람편의 안부 앞세워 가며
길 위로 튕겨 오르는
햇빛을 받아 담습니다
내 안 어디쯤에 푸른 잎이 돋기 시작하면
바람이 전해 주는 당신 말씀도
소용이 없습니다
나무가 들려주는 당신 노래도
소용이 없습니다
내가 어쩌지 못하는 내 마음을
눈 뜨는 아침마다
그냥 따라 나섭니다

내 안에 내가 많은 날

내 안에
내가 많은 날
창문 크기의 하늘에
당신만 가득하도록 그려놓고
가슴에 지펴지는 불 가까이 모여 앉았습니다

불이 흐르는 강

내 안의 너는 불이었구나
너를 던져
발갛게 물들인 강을
노을처럼 바라보다가
강 따라 걷는다
네게서 나를 거두어 오면
강 하나 가지게 될까
강 속에 못 다한 말 풀어놓고
울음도 풀어놓고
물풀처럼 흔들려보며
나는 강이 되지
네게로 쉼 없이 흘러드는 불을 안은 강이 되지
내게서 너를 내치지 못하고
강은 불을 안고 흐른다
이 불엔 나만 데이는구나
이 불은 나만 태우는구나
내가 다 타고 나면
너만 남을까
네 안에 여전히 강은 흐를까

봄비

그대 안에 엎질러진 물이었습니다
몇 날 며칠 스며들어
가만 그대를 불렀지요
그대가
화답으로
잎을 열고
꽃을 열어 주실 때
그대 눈빛에 걸려 넘어지던
운수 대통한 날
이미 그대 안에 싹을 내고 있었던 걸
꽃을 피운 다음에 알았지요
이젠 꽃을 떨궈야겠어요
꽃비가 내려요
꽃비엔 그대도 젖네요
그대 안으로 당겨 놓으며
소용돌이는
눈 속으로 몰아쳐요
어지러워요

푸른 잎을 내고 싶은 날

사월 푸른 눈을 빌려
당신을 바라보고 있습니다
당신 생각만 닿아도
문도 벽도 절로 허물어지고
꼼짝할 수가 없습니다

풀들처럼

산을 그린다
나무를 심고
오솔길을 내고
풀을 심는다
여백을 채운 것은 풀이다
길 비껴 풀을 밟으면서
산을 오른다
풀이 일어서며 내 발자국을 지운다
풀숲에서
풀 비껴 발을 놓고 싶은 때가 있다
맨발을 밀면 풀은 맨몸으로 받는다
풀밭에선,
빈 가슴이어서 좋다
바람 지나며 남긴 작은 구멍들
빛이 들어 좋다
이슬에 젖은 풀을 뽑는다
흙 알갱이가 풀뿌리에 달려 나온다
흰 머리칼을 뽑을 때도 그랬다
숭숭 뚫린 가슴을 꼭 여미고서야 한 올 뽑았다
흙 알갱이채로 가슴에 옮겨 심는다
풀들처럼 채워지기를
바람이 풀들을 눕힌다

나도 따라눕는다
풀들로 푸른 절벽이 마음에 닿는다

키 큰 미루나무

하늘로 까마득히 올라가는 꿈
눈이 시리게 바라보다 끝내 잃어버린다
구름뭉치를 풀어
하늘만치 파래진 세상을 가린다
큰 오빠 중학교 입학기념으로 심었다는
미루나무 이파리 고른 숨소리가
가슴에 쿵쿵 박혀
배고픔이 희미해질녘이면
가슴 속 올 남김없이 풀어지고
맑은 물이 차 오르고
슬픔 한 잎
미루나무 이파리 부딪치는 소리 위로
푸르고 싱싱하게
떠오르고

길가다 키 큰 미루나무를 만나면
슬픔 한 잎으로 싱싱하고 푸르게 매달려
가볍게
흔들려볼까

여자

아득한 옛날부터
여자에게로
흘러드는 물줄기
수위조절이 필요했습니다
흐르는 물 흘러가게
몸 내어놓자고
물 흘러간 길 따라서
여자가
환하게 피어났습니다

밤 바다

불을 켰어
오징어잡이 배처럼 환해졌어
환한 불빛에 기대감으로 몸을 떨며
다가갔지
눈이 시렸어
눈물로 불빛을 걸러봤지만
눈이 멀어버렸지
마음을 단단하게 만들어 손에 들었어
발 밑을 꼼꼼하게 두드리며 가고 있었지
바람이 불기 시작했어
차츰 거세져갔지
가던 걸음 멈추고 그 자리에 마음을 힘껏 박았어
한참을 매달려 있었어
포기하고 싶었지
잘 다듬어진 생각부터 버리기 시작했어
나는 아직도 매달려 있어
발을 조금 들었어
눈이 잊혀졌어
일출이야라고 환호소리가 들렸어
내겐 귀가 있었어

그림자

내 안에
당신만 가득할 땐
그림자로 당신 곁에 가만 붙어 있습니다
당신 그림자로 지내는 것이
많이 행복해서
더럭 겁이 납니다

달처럼

내 속에 있는
나를 말리는 저것
저것이 무엇일까요

한 발짝 건너 그대가
달처럼 보이는군요

홍수 지난 후

홍수 지나간 후 내에 가 보면
돌들은 파란 이끼를 벗었더군요
활기찬 송사리떼도 보이더군요

이 홍수에
껴안고 있던 욕망
떠나 보낼 수 있을지요

이번 장마는 집중호우로 쏟아져
잠재의식 속 욕망까지
휩쓸어갔음 해요
이 홍수 지나면
여기 내에도 송사리떼 헤엄쳐 오지 않겠어요?

귀향

꿈 좇아온 안면도
접힌 시간을 열면
허벅지 철썩 때려
소리 장단 끌어내시던 아버지
박제된 그 분이 계신다
멀리 깊은 바다에서 마저 화석이 된 소리
메아리져 남았을까
그리움 깊숙이 심지를 박고
불 지펴 가도
안면도 숲은 다 볼 수 없고
안개 풀어 가린 바다
손 갈퀴로 훑어내며
가슴 들춰 풍경 하나씩 끼워 넣으며
든든해져 추억은 저희끼리 끌어안고
발 움켜쥐는 모래밭 억센 손아귀 벗어나서
소나무 숲에 아득히 잠겼다가
간월도 돌아오던 바람처럼
마음 한 장씩 넘기고 있다

돌부리

걸려 넘어지고 나서야
집 앞길 박혀 있는 돌부리가 보였다

어느 땐 성큼 건너뛰고
어느 땐 돌아서 가며
뽑아내야지 생각만 하다
아이 턱 으깨지고 나서 돌을 뽑는다

뽑힌 돌에서 자꾸 어머니가 뵈더니
간 밤 꿈엔 내 가슴에
그 돌부리가 솟아 있었다

첫사랑

두려움 뒤에 무색의 꽃이 피어 있다

눈에 마음 디밀면
환히 열리는 원추리 꽃문
아아 사랑 한 톨이 가슴을 당긴다
찢겨질 때마다
찬란한 한 줄기 빛을 쏘아대고
하늘은 흠집나기 시작한다
그렇게 하늘이 무너져 내리고
누군가 무지개를 세운다

아직도 터 닦는 일이

슬픔으로 닦는다는
맑은 유리창 같은 그의 마음을 훔쳐 보고
그늘석 슬픔의 고드름 녹여
내 마음을 닦아 보네
곰보자국이 먼저 눈에 드네
토방 같은 내 마음은
마른 날엔
밟혀도 표나지 않으면서
먼지 풀풀 날리면서
는개라도 내리는 날은
왔다간 발자국들의 모양과 무늬로 아름답네

가슴에 창을 내고
허물과 함께 하늘을 보네
나이테 감기며 생겨난 블랙홀
그 깊은 미궁에
언젠가 내가 가야 할 길을 만드는
사람으로 사는 이 생이
마음 시집살이는 끝내고
연인으로 곁을 지키면서
사람들 틈에서 어우러지는
무던한 것이었으면

이정표 없는 길에
등대 없는 바다에
첩첩산중에
놓여지면 그 게 시작인 이 생을
사랑에 눈 먼 덕으로
길 잃지 않고 가는구나

귀향
─ 안면도

발자국 꼭꼭꼭 찍으며
하얀 모래톱을 달리는 바람
그리움 깊숙히 심지를 박고
활활 불 지피는 소나무 숲
별들을 몰아
수평선 넘어가는 바다
가슴 헤집으면서
돌기처럼 일어나 떠오는 그리운 섬이
별 같은 눈을 박고
나더러 같이 가자 한다

일월은

어둠 훑어 내리더니
마음 적시며 또 다시 눈은 내려
지평선 너머 아득한 길
자취 감추나 싶게 네가 그립고
한 발자국만 떼면
나 또한 마저 사라질 것 같은 출발선에서
발가락 마디마디 눈을 밝히면
그랬다, 첫날은 시린 눈 억지로 띄워
두려움 짚으며 눈물 흐르게 하고
결국 쌓인 눈 녹여 아픈 살 드러내게 하던 것을
아문 상처 다지며 새 아침은 오고
어떤 발자국으로 길은 열릴 것인지
언 땅 녹으면 선연히 드러나고 말 마음이란 게
심연 속에서 출발신호 깃발처럼 나부끼는데
남겨질 흔적이 자꾸만 돌아보게 하는구나
어쩌다 남겨두지도 못하는
마음 속 말뚝처럼 박힌 다짐들
목청껏 서럽게 울어 얼어붙었던 어둠을 깨고
출발선을 지우며 깃발은 내려지고 있다

바느질

눈바람 맞으며 낮게 웅크린 허물을
오늘은 비켜가지 않으리
당신 바람막이로 세워두고 함부로 쓰고 버린 날
남은 당신 세월 뽑아
감쪽같이 실밥 숨기시듯
당신 숨기시며 깁고 계시던 어머니,
지치도록 찾아 헤매도 결국 내 발 멈추는 곳
어머니 추억 속엔 벌써 첫눈이 내렸고
내 귀에도 소리 죽여 오는 발자국 소리 다 들리니
아, 어머니 희뿌옇게 날이 밝도록 추억을 캐시더니
빈 손으로 오시는구나
까치발 세워 당신 가슴 쓸어보며
내내 애가 타서 자주 눈이 떠지고
보세요 어머니 제 집 단속하고 무릎 꿇는 것을
이젠 당신 찬 바람 막아서며 가야 할 여정이 막막하고
그 무게만큼씩 죄스러운 마음 바짝 당겨 앉아서
아직은 실밥 감쪽같이 숨길 재간 없지만
하루 품에 웃음 듬뿍 덤 얹어 주고
쌀 한 됫박 팔아 돌아오시던 신작로, 눈부시게 떨어지던
눈물 한 뜸씩 떠 흐르게 하고
어느 긴긴 겨울밤엔 당신 남은 꿈 곱게 수도 놓으리
자리 찾아 헤매는 서툰 내 바느질

아버지의 편지

수평선 받쳐 이고 서로 등 밀며 떠났던 물이
내게 바다를 부린다
가슴을 무너뜨릴 듯 몸부림쳐대는
바다
여기서 보면 따라오던 눈물마저 다 지우고 오는
네 아픔이 보인다
너 말고 누가 子正의 골목에 물 흐르게 하겠느냐
빈 구석 차지하고
아직 생생히 제 몸 지탱한 탑새기 같은 삶
기다린 듯 물 함께 흘러가면
문득 정신차려 뻗어보는 손에 갈매기 울음만 걸린다
네가 걸쳐두고 간 위로가 수평선에서 희미하게 나풀대고
질척이던 갯벌 까마득히 잊혀지게 하는 가득찬 바다
惡習 떨치지 못하고
남은 부끄럼 위안이 돼서
나는 깜깜한 어둠 헤쳐 돌아오느니
애야, 이 칠흑 같은 어둠 속 길을 아느냐
그 길에 가지런히 찍힌 아비 발자국
통곡 안으로 삼키던 너 부둥켜안고 온 흔적이었구나
다 버리고 영혼 하나로 건너야 할 바다
네가 다리가 될 수 있겠느냐
살아온 삶 징검다리 되리니

마음 속 유빙 녹여
뽀오얀 안개 피워 올려 허물어진 내 집 가려주려무나

날새마을

일몰의 긴 그림자도 닿지 않는 외딴집
완행버스만 간간이 섰다 떠나던,
금 그어 가두고
더러는 가슴 안에 담아 왔던 곳
직행버스 기다리다 십여년 흘려 보내고
꿈에라도 다시금 일몰 함께 봤으면
닫쳐진 문 앞 마음만 서성인다
집터에 마을회관 들어섰더라는
소문 먼 길 왔길래
가슴 풀어 흰 고무신 꺼내놓고
옥색 한복이 고우시던 아버지
행여 오실까 기다렸건만
어젯밤이 네 아버지 기제였다는
늙으신 어머니의 전화 한 통
마음 한 장 저며 보내드린 내 초대장 받으셨는가
어젯밤엔 어머니 꿈 속에 드시어
허허롭던 가슴 채워 주시더니
어머니 내게 맡기시던 날새마을로
부득불 마음 끌어 가신다

입원기

아들 앞세워 보내시고
몹쓸 것 하시던 할머니
그것이 진하디 진한 사랑고백이셨음을
수술실에서 두돌박이 아이
감감소식일 때서야 알았습니다
오르막을 다 올라야 내리막길을 갈 수 있듯이
치사랑 없는 내리사랑이란 허상일 뿐인 것을
아프게 매를 맞아야 돌아뵈고
눈물에 흥건히 젖어야 간간이 떠오르는 것인지요
발자국 찍혀 길은 구절양장처럼 가슴에 접히고
요단강 황홀하게 다가설 때는
까마득한 상류가 잠깐 선명히 뵈기도 했었지만
뒷걸음쳐 가기엔 너무 험한 길
마음 한 쪽, 사랑 조금 떼어 놓고 잊고 왔습니다
거두지 않았어도 잘 자라준 사랑이
꿋꿋하게 날 세워 주고 있었던 것을
아픔도 뿌리내려 튼튼하게 자라면
살아가는 힘이 된다며 살았습니다
자식된 자는 모두 몹쓸 것들
한 발짝 떼어 놓을 때마다
당신 가슴에 패였을 자국 훈장처럼 달고
행복해 하시며 오늘 제게
두고두고 아픔 일깨울 훈장 하나 달아주십니다

파출부 딸에게
— 어느 아버지의 유서

새벽이 머리맡에서 인당수처럼 일렁이면
너는 사랑하는 내 청이가 되어 몸을 던졌다
수평선 넘어 바삐 질러온 아침
쓸쓸한 네 미소 건져내고
베니어 문 기대 눕는 볕 동무삼아
종일토록 빈 손 가려줄 밤을 기다렸다
산동네 밤하늘엔 별이 많아서
집집마다 넉넉히 나눠주고도
네 몫의 별 한 묶음 안고
피곤 받아 쥐려 마중나서면
어둠 위로 연꽃 한 송이 환하게 떠 오고
밤이며 너는 나의 공주님
너의 고된 하루를 개켜 넣고
눈을 뜨지만 미명에도 다시 감기어
너는 또 몸을 팔았고
......
이제는 네 아들 눈 띄우려 몸을 파는
불혹의 사랑하는 딸아
아픔에 길들여진 네 눈물
등불 밝혀 들고
불 꺼진 집들 지나쳐 올 때
보는구나

어둠 속에서 있는 듯 없는 듯
너와 함께였던,
내 가슴 그늘 들이던 네 그림자
아름다운 춤사위를

저울질

저울질을 합니다
아버지 목숨보다 단연코 무거웠던 나를
세상은 번쩍 들어 올립니다
꽃 피우자고 곁가지 쳐낸 꿈들도
따라 올려집니다

그림자조차 붙잡지 못하게 돼서야 눈〔目〕길이 트여
가지들이 잘리며 썼던 혈서를
지금 읽고 있습니다

꽃대는 우리를 더 잘라라 하고
우리의 죽음만큼씩 벙글어진 꽃들이
황금빛 나는 나이테를 두릅니다

봄 가출

나를 묶어 두지 않고는
봄을 감당할 수 없었어요.
어쩌면 봄은 햇볕이며 꽃 향기며
몰아와 채근해대는지
놀 자
놀 자
노 올 자

몸 묶어 두고
봄 따라 집 나섰는데
눈 앞에서 어른대던 봄
어느새 노을 품에 들고 있었어요.

꽃 지는 밤

어릴 적 별똥별은
내게서 꽃이 되었지요.
그대 가슴에
나는
내가 별똥별을 기다리듯
나를 기다리는 별이 있다고
별똥별 꽃 밤
하늘 별이 되곤 했어요.

그래도
겨자씨만한 그리움 남았길래
끌어안고 밤하늘 우러르며 섰더니
어른이 된 별똥별
내게 불을 놓아요.
활활 타, 타면
이제 나는 무엇이 되나요? 곧 아침이 올 텐데

우리의 집은

돌아갈 집 없는 우리는
듬뿍 자란 슬픔의 키 잘라내고
해 지면 형형히 빛나는
눈빛 낮추어
밤마다 지하도 입구로 들어선다
전등 촉수 높이지 않아도
서로의 눈빛으로
서로 밝혀 주며
몸 빌어 눕는다
포옹에도 흥분할 줄 모르는
우리 행복은
내시처럼 슬픔을 지켜 서 있으면서
더러 머플러 줍는 운 좋은 날은
거기 묻어 있는 행복 몸에 바르고
뜨거워져서
슬픔을 넘보기도 하지만
우리의 씨가 아니면 어떠랴
혼혈이면 어떠랴
알몸의 아름다운,
우리보다 더 아픈 우리의 神을
십자가에 달고
간통을 고백케 하고

낮동안 세상의 얼룩이 되게 하여도
만삭의 슬픔이 흔혈의 행복을 낳는 날
우리는 서로에게 집이 되고
피 흐르는 십자가는 부지런한 청소부 손에
치워진다 흔적없이

키를 쓰고

1
순이네를 멀찍이 돌아서
창수네 담 밑을 숨어 지나서
옴팡집 사립문 앞에선
할머니 소금 얻으러 왔슈
큰 소리로 불러대는 아우는
이젠 신바람조차 난 듯한데
뒤밟아간 내 얼굴이 화끈 달아오릅니다
예끼놈 오줌싸개 또 올 것이냐
아우의 얼굴로 사납게 쏟아지는 하얀 소금,
햇빛 받아 반짝이고
덩달아 아우의 웃음도 환하게 반짝입니다
오줌싸개 아우가
키를 쓰고
소금 얻으러 나선 아침

2
보채는 허물 간신히 떼어 놓고
사랑을 아까워 하며
이웃의 슬픔 피해 와선
키를 낮춰야 들어설 수 있는
처마 낮은 예수님 집 밖에서

84

난쟁이처럼 작아진 이웃의 등만 쳐다보다
다시 오겠습니다
가까스로 약속하면
신기하게도
눈부시게 하얀 말씀이 가슴을 때립니다
미사보 쓰고
주님 말씀 얻으러 나선 주일 아침

토끼풀꽃 사랑을 위하여

제비꽃 반지 끼워 약속 떠나 보냈지요
토끼풀꽃 목걸이 걸어 사랑 떠나 보냈지요

물 깊이 마음 내려
물풀 사이 슬픔 한 가닥 흘려놓기도 하고
물 깊이만큼 깊어지는
하늘의 별 하나
아프게 가슴에 심으며

내 가슴 속으로
누군가의 눈빛이
은하수로 흐릅니다

수줍게 내미는 손
덥썩 잡아 주는 가슴에서
하루 이틀 사흘

복병처럼 숨어 있던 불혹의 날이
흔드는 대로
흔들리다
까만 씨눈, 내 사랑 인질로 남겨 두고
제비꽃 반지 끼고

토끼풀꽃 목걸이 걸고
이 고갤 넘을까 합니다

나의 이야기

높아지고 싶다 그래서 그를 올라타려 한다
그의 몸뚱이가 또아리 틀어대는 것을 지켜보며
기회를 노린다
그도 만만한 구석이 있으리라
황홀한 근육질의 용틀임
내가 던진 미끼 나꿔채 먹는다
소용돌이가 한 번 일고는
잠잠하다

밑둥 뿐이던 꼬리를 키운다
다리를 오므리고
허벅지를 팽팽이 당기고
침을 삼킨다
식도를 미끄러지며 침은 몸의 매듭을 푼다
정전
작전타임
두려움이 등뼈를 적셔 구부린다

애시당초 내 집은 참 작았다
부드러운 내 몸은 사실 집 크기 따위는 상관 없었지만
나는 사회적 동물이었고
사랑하는 그는 속물이었다

등뼈를 튼튼하게 하는 방법이 매스컴을 달군다
내 등뼈도 차츰 단단해지는 듯하다
등뼈가 머리를 향해 오른다
생고무 같은 심장이 출렁거린다

에스컬레이터 앞에서 잠을 턴다
그가 날 부르는 소리 아득하다

신작로

막걸리에 또아리 틀어 앉은 길
안주삼아 잡숫고
육자배기 벗삼아
당신 안에 두시고
그 걸 챙기게 하셨다

한낮 달구던 불
당신의 새벽 불댕겨 돌아 올 때
길은 비로소 일어나 정화수 뜨러 간
하늘에서
빈 하늘로
내게로
길이 났다
자주 지평선에 걸리는 신작로
다리 절면서도 잘도 따라왔다
번갈아가며 품어준 우리의 희망
부화를 기다리다
길은 떠났다

별을 묶으면

슬픔을 싼다
미움을 푼다
너의 빈 자리에 결국 용서를 앉히면서
딸이란 이름으로 묶인다
셋방살이, 잦은 이사 때마다
가장 먼저 희망의 보따리를 풀으시는 어머니
우리의 하늘을 네모 반듯하게 개켜서
어머니 손으로 다시 펴게 할까요
칠십 평생 그렇게 영롱한 별은
당신 하늘에 묶어 놓으신 별뿐이더라고
말씀하시는 어머니가
우리에겐 가장 빛나는 별이더라고
가슴 흐르는 대로 놓아두면
절로 풀려 가슴끼리 이어져 흐를 하늘 강
마음에 손잡혀 오니
깜깜한 이 길 수월케 왔노라고 어머니,
마음에 당신 별을 묶으면
우리도 누구의 하늘이 될 수 있을런지요

침묵하고 싶은 날

내 안에 말〔言語〕을 찾아 나선다
사람들 틈바귀서 미아가 울고 있다
하천을 더듬어 바다에 닿았다

아버지 말씀이
어머니 기도가
파도에 휩쓸리고 있었다

날세워 던진 내 말〔言語〕은
아버지 가슴 말고도
어머니 가슴 말고도
또 어디에 꽂혀
무엇을 베고 있을까?

아버지 말씀 건어 올리며
어머니 기도 건어 올리며
내 가슴을 베고 있는
내 말〔言語〕을 보았다
되돌아와
가슴에 꽂히는
내 말〔言語〕을 보았다

피 흐르는 아버지 가슴 보고도
피 흐르는 어머니 가슴 보고도
피 흐르는 내 가슴 보고도
날 서는 내 말〔言語〕
침묵하고 싶은 날

십여년쯤 후를 생각하며

경주 신혼여행 길
왕관에 달린 옥색 비취 태아 중에서
실한 녀석 한 놈 훔쳐 와
딸만 셋 낳은 후 양수 마르고 길이 끊긴
작은 언니 자궁 속에 몰래 떨어뜨렸습니다
지금쯤 얼만큼 자랐을까
언제쯤 제왕절개를 해야 할까
꿈 부풀어 열달이 지나도 불러지지 않는 배
매양 그대로 오년이 흘렀습니다
목울대 꿈틀꿈틀 넘어가는 수면제 몇알
저것들이 태아를 죽인 게라고
언니 몰래 복수의 칼을 갈다가
문득 열아들 안 부럽다는 딸이 셋인 언니,
들꽃 밭에 떨어지는 해 치마폭으로 받아 낳은 첫딸
은정이
금수저 선물 받고 낳은 둘째 딸 선유
누런 황소 몰고 오다 낳은 셋째 딸 선혜
죄다 선덕여왕 같아 뵈는 아이들 십여년 후를 생각
했습니다

대전 엑스포 미래관에서
한 자리씩 자리하고 있던 그 아이들을

내가 옥색 비취 태아 탐내듯
바라보는 눈들을 보았습니다

일일마감

내일은 꿈이다
문턱을 넘나보다 싶으면 영락없이
한 장 백지로 오늘이 있다
일련번호 매겨져 연일 입고되는
출고 없는 거대한 창고
투명한 창이 두렵다
오차없이 한 장 백지는 놓여지고

발엔 바닥이 있고
손에도 바닥이 있다
세월 갈피에 화석으로 남은
슬픔들이 말을 한다
마주치면 손바닥처럼 소리가 나는 바닥이
내 안에도 있노라고

쉼표 자리매김도 힘에 부치는
生 어디쯤
예고 없이 찍힐 마침표
종아리 쳐 빚 탕감해 가며
神만이 아시는 내 고유번호 거기,
꼬리번호 하나 덧붙여 단다
내일, 꿈은 아직 건재하다

낙엽

잎이 집니다.

당신은
남김 없이 썩혀 주세요.

할 수만 있다면
이제는
낙엽처럼
그렇게 썩혀져
씨앗의 밥이 되고 싶습니다.

역삼투압식 정수기

— 역삼투압식 필터만
삼년에 한 번씩 갈아 끼우면
중금속까지 걸러내어
우리 여섯 식구
맘껏
순수한 물을 먹고 쓸 수 있다는
정수기 광고 팜플렛을 보던 날부터

우리네 양심이
역삼투압식 필터 같은 것이라면
걸르고 걸러서
일년에 몇날쯤이라도
순수하게 살고 싶은
열병을 앓고 있다.

술 · 1

그가
술을 마신다.

나는
취한 그를 마신다.

배가 아프다

토한다.

잠든 그 이 옆에 누워
여전히
나는 아프다.

술·2

그가
자신과 마주앉아
술을 마신다.

죽이 맞아
잔이 오가고

나는
현처, 조강지처

벽 속에
가만 숨는다.

술 · 3

마주앉아
술 마시는 그가 부럽길래
술을 마셨다.

용기 있는 또 하나
나를 위하여
건배

마실수록
낮게 웅크리더니
속 깊이
숨어 버린다.

술로도
끌어내지 못한
이 부끄럼
어찌 할거나.

술·4

마셔도
마셔도
취하지 않는 술은
술이 아니지
아무렴
그건 술이 아니지

가슴 넘치도록 사랑을 부어라
취하도록
권커니 자커니
그건
살아있는 것
사는 것

술 · 5

네게 취했을 땐
너만 보이더니
술에 취하니
다 보인다 하고

다 보인다 하는
그 앞에서
나는 어찌
술이 되지 못하는가

술 · 6

취하니 황홀타

혈중알콜농도수치 '제로'

몸 속에서
아마
보리싹이 트려는 게지

파종한 지 오랜데
꿈만 꾸니
욕봐라
꼭꼭 밟아 다졌지.

눈밭에
부드럽고 푸른 것이
저뿐이라고
날세워 달겨들길래
욕봐라
꼭꼭 밟아 다졌지.

욕봐라
욕봐라

사람될라믄
욕봐라

나를
꼭꼭 밟아 다지는
저 발
발들

술 · 7

"자네 병 내가 다 거둬 감세"
저승길 가며
남편 노릇 한 번 하고

목숨과 맞바꾼
술
저승선
누가 받아다 드릴까

딸 이만치 키워 놓고
아직도
외상 술 받아 잡수실까

술 · 8

네가 아직 성하다면

피가 못 되는
술
피에 섞여 돌다가
결국
걸러져
몸 밖으로 버려질 것

술 · 9

吐瀉物을 보니
제 형체
그대로 지닌 것
저리 많을까

제 냄새
그대로 지닌 것이
저리 많을까

개중에
제 형체도
제 냄새도
잃은 것

아뿔싸
제 할 일 버려둔
위장이구나

술 · 10

술이
시를 쓴다.

시를 마신다.
침을 발라 떼어내고
쓸개즙에 벗겨져

배설물에 섞이지 말고

피 속을 흐르라.

대동맥
정맥
모세혈관까지
흐르라.

사람에게서 사람에게로 흐르라.
길 터 흐르라.

술 · 11

소주는 소줏잔에
칵테일은 칵테일 잔에
막걸리는 대접에
마셔야
제 맛이지

귀빠진 날
내 그릇을 찾는다.

접시, 대접, 종지, 투가리, 냄비, 소쿠리,
항아리, 단지, 밥솥, 곰솥……
버리지 않아 절로 모인 그릇들

곰솥 속에서 푹푹 고아질까
투가리 속에서 자글자글 끓여질까
그도 아니면
장단지 속에서 푹 절여질까

아직 나는 펄펄 살았는데

귀 빠진 날
종일토록 천염 속에 묻혀 있으면
내 그릇이 보일지 몰라.

술·12

나를
채우고
넘친
술
이 땅에 스며 들다.

생명을 부지하는 값으로
지불한
땀
또한
이 땅에 스며 들다.

희망 하나 움트고
자라고
……
숲을 이루면
새가 날아 들리라.
꽃씨 물어 들리라.

술 · 13

술에 녹아 들지 못하고
술 속에 숨어서
그를 찾아 든다.

귀로 듣지 못한 것
몸이 듣는다.
입으로 말하지 못한 것
몸이 말한다.

나는 그 안에서
조금씩
녹고 있다.

내 안에
서서히
그가 갇히고 있다.

경칩

출근 길 만나는
1등급 지체부자유자 반 토막 고무다리가
3월 초닷새
한강을 가로질러 놓여 있었네.

꽃샘바람은 가고
어린 봄이
등짝 위에 앉아
웃는가 싶었더니

심장에
발동 걸어
메마른 살이 젖고
손 끝이 살고

동면에서 깨어난
생각이
기지개 켜며
한강을 건너고 있었네.

별이 눈 뜨기 전에

별이 눈 뜨기 전에
그리움이여 목을 조여라
하늘이여 목을 조여라
내 살
비 되어
절망을 거두고
내 뼈
눈 되어
희망을 덮으니
별이 되리라.

여행

기점도 종점도 알지 못합니다.
辛丑年 3월 초순, 엄마가 태워 주셨다고 해요.
여긴 내 자리입니다.
노인이 목적지에서 내렸지만
나는 서 있습니다.
몸싸움에 밀리고
순발력에 처져
젊은 사내, 아가씨, 중년 남자, 학생에게
차례로 강탈당하고
지금은 애기 엄마에게 내주었지요.
안내방송에 귀 대놓고 목적지를 찾습니다.
삼십삼년을 타고 왔는데 멀미가 납니다
바람을 쐬면 나을 듯한데
밖은 겨울,
창문을 열고 싶은 이는 아무도 없나 봅니다.
아직도 나는 안내방송에 귀 대놓고
흔들리며 서 있습니다.

목숨

지나던 할머니가
되돌아와
속곳 주머니를 열더니
짤랑
사랑을 꺼내 놓고 간다.

오늘은 용기를 내야지

발소리 죽여 다가가
한 웅큼 사랑을 놓는다.

쩔그렁
덜컥
가슴 내려앉는다.

귀 속에서
여전히
쩔그렁 쩔그렁

아아
부끄럽다.

滿潮의 꿈

지금은, 干潮,
예전과는 사뭇 다르게
가까워진 하늘,
그러나 무겁습니다
하늘 무게에 짓눌린 사람, 숲, 돌…
그리고 바람.
지나던 바람 지쳐 누우니
하늘이 더 가까워졌습니다.
달이 말하더군요.
곧 밀물 때가 온다고.
하늘 밀어 올리며
물때 맞춰
찾아올 滿潮
나는 滿潮의 꿈을 꿉니다.

꽃모종

어머니 꽃모종하시던 날
국화 한 뿌리 얻어
가슴 밭에 심었습니다.

여름 내내 뜨거운 볕 아래
가슴 열어두어
더러 비도 맞으며

서리 내리는 늦가을까지
탐스런 꽃
달고 있을게요. 어머니

어머니 꽃밭에서
이제 막
푸른 떡잎 올린 손자, 손녀
볕 뜨거운 여름 한낮
당신 그늘이 되는 날엔
제 가슴밭 국화꽃
한 아름 꺾어 올릴게요. 어머니

어머니 꽃밭
겨울채비는

손자, 손녀 몫으로 남겨두시구요.
어머니
가끔
제 가슴밭도 들러주세요.

어머니 속살

비가 나를 깨워
새벽 창 속으로 들라 한다
과적의
발자국
애써 찾지 않아도 눈에 밟히는
어머니의 발자국을 되밟아 가라 한다

어머니 발자국을
이정표로 해
가는 길
내 가슴에
발자국이 찍힌다

돌아와
창 앞에 서서
처음으로
어머니 속살을 만져 보았다

아파하며
아파하며
오래도록 안아 보았다

사랑하기

멀었다
네 눈은 너무 깊어서
늘 길을 잃는다
내 눈 벗어난 너를
마음으로 쫓지만
결국 되돌아와
내게로 들어서야 네가 보인다
고갤 젖히면
하늘도 마주보이는데
내 뒤통수도
두 개의 거울만 있으면 볼 수 있는데
오늘부턴
내 눈 깊이를 재며 살 일이다
눈 깊숙이 가슴 묻어두고 살 일이다

이제 길 나설 땐

시선 꼭대기에 눈 떼어 놓고
헤아림 끝에 마음 떼어 놓고
길 나설랍니다

몸 깊숙이 숨긴 칼
날 세워
내 몸부터 베어야
밖을 볼 수 있는 것을요

햇빛에 가려지고
구름에 가려지고
어둠에 가려질 때도
눈 뜨고 마음 열어둔
그 하늘 밑을 가고 있는 것을요

어쩌면 저 세상은 다를 수도 있겠지만요

날개가 솟는대도
눈 밖을
마음 밖을 날 수 없는 것을요

내 몸 뚫은 칼

날아가 꽂히는 곳
내 눈 안이길
내 마음 안이길

이젠
좀 더 높이 눈 놓아두고
좀 더 멀찍이 마음 놓아두고
길 나설랍니다

사는 연습

월리가 지금 뭘 하는지
월리가 지나간 상점 지붕
강아지가 숨었는지
동화책을 숨겼는지
들여다보고
눈 비벼 또 들여다보고

나는 그런 딸애를 들여다보고

그런 나를 남편이 들여다보고

눈 비벼 들여다보고 또 보며
황금휴일을 보냈어요

남한산을 오르며

지난 날 한 그루터기
잠시 몸 뉘었던 새벽 몸을 푼다
남한산 뒤흔드는 첫울음을 울더니
찬란한 해가 떠오른다
보아라
뿌리에서 줄기로 잎으로
숲에서 하늘로 이어지는 저 출렁임을 보아라

남한산을 오르리라
응어리 하나씩 걷어들고
가슴 골 깊게 쟁기질하던
굳은살 배긴 손
남한산을 안으리라

맨살 부대껴 살아온 땅을 밟으며
뼈속 깊이 꿈틀대는 아픔 부둥켜안고
그 속살 깊이 찾으리라
질긴 목숨이 들어차 침묵하는 숲에 들리라

두 눈만 뜨고

두 눈만 뜨고도 만판 보았고
두 귀만 열고도 만판 들었는데
세 눈을 뜬 아름다운 이를 알게 된 후
내 안의 어느 것도 보지 못했고
들을 수 없었다는 것을 알고는
나는 답답해졌습니다
나는 어디에 있습니까
그는 그의 눈 하나를 내게 주고 떠났습니다
그러나 그의 눈으로는 나를 볼 수 없었습니다
그의 눈은 그만을 보여 주었으니까요
내가 찾아낸 것 모두 나는 아니었습니다
그건 나의 소망이었고
욕망이었고
내가 깨어나면 사라져 버릴 꿈이었습니다
아름다운 이여 그대는 어떻게 떠났습니까
내 안 어디쯤 있다는 마음의 문조차 보이지 않고
첫발걸음마저 떼지 못합니다 아직도 나는

목련

아침의 하얀 뿌리가
하늘을 뚫네
부신 햇살 받아 먹고
목련이 꽃잎을 여네
웃음소리 들리나 싶드니
툭 떨어지는 꽃, 나
무례하게 받아 드네

어머니를 흔들면
하얀 꽃씨가 나네
젖은 내 가슴에 앉네
누군가 나를 흔드네
마음이 힘겹게 눈을 열고
영롱한 눈물 방울 굴리네
때 없이 피고 싶은 꽃

참빗

쪽을 풀어 淸水 바르고
참빗으로 빗어 내리면
가슴 위를 구르는 영롱한 한
손가락에 침을 발라
쪽을 틀어 은비녀를 찌르고
할머니는
행복에 이르는 계단에 단단하게 앉아 계셨지요

연

명주실 넉넉히 감긴
오각 실패를 건네주시던 아버지
방패연이 오른다
곁가지 쳐낸 꿈이 들리고
연실이 풀릴 때마다 까무라지더니
아버지 목숨보다
단연코 무거웠던 나를
번쩍 들어올린다

하늘 빗장을 걸었다

자화상

땀 흘리는구먼

벅차지

등짐,
자네 잠일세

30년도 넘게
한 번도 깨지 않은
깊은 잠

바삐 지나는
저 사람 등짐 좀 보게나

100년동안
한 번도 깨지 않은
대물린 잠일세 그려

자네,
지금 어딜 가나
누굴 찾아가나

이보게나
이건 자네 잠일세.

행운목

물기 있는 가슴에
공들여 꽂으면
줄기를 내고 잎을 피울라
희고 붉은 꽃이
이 가슴 뚫고 핀다면
황홀하여라 사랑이여

아득히 잠긴 슬픔
깊은 숨으로 빨아 들여
짙푸른 고개를 쳐 올리며
그리움의 가슴 동여매고
갓난아기 눈뜨듯
내 안의 눈들과 만나리

누군가 눈독 들일
질 좋은 거름으로
황홀한 내 사랑 묻힐
한 그루 나무가 되고 싶다

나의 사랑은 탕자처럼

깜깜한 어둠 꼭대기
마른 가슴 부벼 불을 밝히고
그대의 길이 되어서
절망하며, 기뻐하며
나의 사랑은 병약한 삶을 껴안았다
깊디 깊어 나는 그 어디에도 없고
상처 안에 길을 접어 빈 집에 들던 그대
칼날 같은 눈으로 사랑을 다듬고 있었다
잭의 콩처럼 우리의 사랑이
하룻밤새 자라서 하늘에 닿기라도 한다면
튼튼한 줄기를 타고 오르리라
슬픔 속에서 더욱 영롱한 꿈을 꾸었다
비 갠 뒤 보이는 무지개, 그 절반의 아픔을
서로 건네 받으며
튼튼한 사랑으로 고된 하루를 엮으리라
사랑 밖으로 날아갔다 탕자처럼 돌아오는
우리의 생각처럼
탕자처럼 돌아온다 할지라도
나는 사랑 밖으로 날고 싶었다

내에서

징검다리에 앉아
물 밑 그 아래
하늘을 봅니다

당신 모습으로
지나는 한 점 구름을
지는 해가
내던진 가슴 다 태우기도 전에
바람이 불어와
어둠 속으로 몰아갑니다

별 하나 돋습니다
별 둘을 봅니다

닿을 듯해서
손 짚어 본 하늘에
수만 별들이 돋습니다

이야기

귀를 열면
기슴이 하얗게 바래집니다
가슴 한 켠에
정성들여 키우던 나무에 바람이 거세집니다

하룻 밤에 하나의 창을 달지만
달아 본 적이 없는 가슴으로
어제도 바람이 불었습니다
햇빛막이 커텐을 젖히고 가슴 깊숙이 붙었습니다

여름을 설핏 지난 바람은
열린 귀를 지나 와서
열린 가슴을 지나 와서
가슴에 물을 들입니다
창 위에
곱게 무늬져 눕습니다

저울질

저울질을 한다
추는 나를 번쩍 들어 올린다
잠시 어지럽다
나는 무겁고 싶다 저울대 위에서는
겨울 혹한에 튼튼해진 뿌리
봄마다 꾸는 풍작의 꿈으로
추 하나 보탠다

원추리꽃 길을 찾습니다

함박꽃이 먹다 버린 햇빛
해일처럼 덮쳐 와
함박산은 빛이 났습니다
애기 무덤 할미꽃 속에서
원추리꽃 길을 잃어버리고
함박꽃 속에 숨어
서울에 왔습니다
수시 점호가 필요한 깊은 골목
함박꽃 몇잎이
신호처럼 떨어졌습니다
달빛 부스러기 귓등에 걸고
아침이 가만 가만 따라옵니다
골목이 끝나는 저만치에
꽃잎이 날고 있었습니다

염항화 Prose-Poem과 逸脫 語調

李 秀 和
(詩人·文學批評家)

1

염항화 散文詩(Prose-Poem)는 이번 시집의 根幹을 이룬다. 그의 자유시로서의 Verse-poem(韻文詩) 연작시 〈술·1~13〉에 보이는 독특한 미학적 語調(tone)를 아우르는 독창성의 세계이다. 그가 그의 프로우즈-포임에 부여하고 있는 樣式性은 散文詩가 도달해야 할 매우 이상적인 패턴을 보이고 있는 바, 이는 그의 詩精神(포에지)의 直節性인 散文精神(리얼리즘의 直情性)과 그의 유장한 문체가 빚어내는 독특한 語調 효과가 아닌가 한다.

그의 이번 시집 《여자의 몸이 밝아진다》에 수록된 프로우즈-포임 〈나는 내부수리중〉은 전술한 散文詩의 탁월성에 값하는 탁월한 境界이다.

　그가 눈빛만으로 내 가슴에 구멍을 냈다 나는 그 때부터 구멍으로 숨을 쉰다 구멍으로 말도 한다 그가 그 구멍으로 온다 내 생각의 고리를 뜯어버리고 그 자리에 「내부수리중」 팻말을 건다 그는 내 것을 잘도 버린다 절대

138

뒤를 돌아보거나 버린 것을 다시 뒤적이는 법이 없다 나
는 그에 의해 행복하게 버려진다 그는 이렇게 내 안에 자
신의 자리를 닦아놓더니 팻말을 거두고 외출을 했다 혼자
있자니 새삼스레 그가 버린 것에 마음이 쓰인다

　구멍 안은 햇볕 잘 들고 바람 잘 드는 수줍음 많은 사
람들의 자질구레한 이야기를 쌓아 둘 선반이 많았으면 좋
겠다 선반 위에서는 먼지도 동등한 대접을 받았으면 좋겠
다 이야기 틈에 끼어 시간도 담고 그의 지문도 새기고 우
리의 포옹도 그려주는 먼지를 보게 되면 좋겠다

　그는 아직 돌아오지 않는다 그의 자리를 뽀오얀 먼지가
채워 간다 햇볕도 잘 들고 간간이 바람도 든다 달콤한 밤
잠을 이루고도 요즘은 낮에도 졸립다 덜 잠긴 수도꼭지에
서 물이 맑은 소리를 내며 떨어진다 나는 그 소리에 박자
맞추듯 눈을 떴다 감았다 한다 설거지를 마저 해야 한다
고 생각하면서 「내부수리중」 팻말에 자꾸 손이 간다
　　　　　　　　　　　　　　　—〈나는 내부수리중〉全文

　벌판한복판에나무하나가있소.近處에는꽃나무가하나도없
소.꽃나무는제가생각하는꽃나무를熱心으로생각하는것처럼
熱心으로꽃을피워가지고섰소.꽃나무는제가생각하는꽃나무
에게갈수없소.나는막달아났소.한꽃나무를爲하여그러는것
처럼나는참그런이상스러운흉내를내었소.
　　　　　　　　　　　　　　　—李箱의〈꽃나무〉

위 두 散文詩의 형태는 散文으로서의 전형성에 아무
런 하자도 없으며 그 내용들 또한 그렇다. 李箱의 散文
精神이 텍스트 文脈上, 일테면 '꽃나무'라는 事象에
대하여 아무런 수식도, 제약도 가함이 없이 화자의 감
정을 一直으로 토로함으로써 화자 자신을 꽃나무化한
포에지의 리알리테를 획득하고 있듯이, 염항화는 그의
텍스트 〈나는 내부수리중〉의 화자에 대한 어떠한 형
용사도 수식어도 사용함이 없이 李箱과도 같은 散文精
神과 詩精神의 위일융합을 성취하고 있는 것이다.

그리하여 그의 散文詩가 독자에게 베푸는 미학적 에
이도스는 매우 아름다운 詩의 세계, 또는 삶의 世界像
으로 우리 눈 앞에 顯現되는 것일 터이다. 〈나는 내부
수리중〉 제3연에 보이는 無欲과 日常의 나른한 充足은
그것을 벗어나야 한다는('내면을 수리해야겠다'는) 逸
脫의 情操와 同一線上에 놓이는 語調가 되어 이번 시집
의 非散文詩群에도 有效하게 염항화詩의 독특한 톤으
로 전개된다.

2

이 해설문은 필자가 존경하는 한국 소설가 중 한 분
인 金健中 城南文協 회장으로부터 3일 안에 써 보내라
는 엄명(?)의 메모지가 부착된 컴퓨터 시원고를 받고
보니, 염항화 시인의 시집 원고는 A4지 98매, 98편에
달하고 있는데 그것을 伏더위 속에 三讀한 필자의 총체
적 소감이 바로 앞서 '1' 파트에 피력한 '염항화 Prose-
Poem과 逸脫語調'이다.

특히 그의 散文詩群은 상기한 〈나는 내부수리중〉을 비롯해 〈너만이 아는 신대륙이〉와 〈여자의 몸이 밝아진다〉,〈나는 바다로 간다〉 등 12편으로 散文詩다운 줄글의 유장한 흐름으로서나, 散文과 詩라는 상호 대립항이 서로 만나 변증법적인 지양태로서의 Prose-Poem 이라는 본질에 육박하고 있는 뛰어난 散文詩 텍스트들이다.

두 번째 텍스트群이 〈술〉 연작시를 위요한 자아성찰의 톤이 강한 작품들로,〈나의 이야기〉,〈홍수 지난 후〉 등 십여 편의 가작들이고, 세 번째 人倫的 語調群으로 분류할 수 있는 작품들로는 〈아버지의 편지〉, 〈날새마을〉과 같은 人倫意識의 제재가 두드러진 텍스트들로써 분류될 수 있겠다.

그가
자신과 마주앉아
술을 마신다.

죽이 맞아
잔이 오가고

나는
현처, 조강지처

벽 속에
가만 숨는다.

― 〈술·2 〉全文

위 시는 특히 언어 요소인 語調에 의존한다. 이 텍스트에서 화자가 말하는 것, 즉 '술'과 화자의 상대인 독자에게 대하는 태도가 어조인 것이다. 화자는 '술'에 대하여 결코 親和한 태도를 취하지 않는다. 화자의 남편인(3연에 화자가 술 마시는 '그'의 현처, 조강지처임을 언술하고 있음) '그'(1연 1라인)가 獨酒家이고, 그런 그가 화자를 '벽 속에/가만 숨는'(최종 스탠자) 결코 和平한 존재이게 하는 것은 아니기 까닭이다. 이로써 이 시에는 화자가 친화할 수 없는 술 마시는 남편과의 화해를 위해 벽 속에 숨어야 하는 자제력과 가정의 화목을 위한 현처, 조강지처像에의 의지 또한 화자의 태도가 잘 나타나 있는 것이다. 특히 클라이맥스 연과 서브 코다인 "나는/현처, 조강지처//벽 속에/가만 숨는다."라는 극도로 함축한 두 연은 한국 여인의 역사적·사회적 전통의식의 미묘한 태도와 思想이 독특한 어조로써 써재스션 되어 있는 것이다.

이와 같은 염항화詩의 독특한 어조는 시가 어조로써 테마나 포에지를 나타낸다는 시문법의 본질에 가장 직핍하게 닿아 있는 강점인 동시에 텍스트의 미학을 성취하는 개성적인 기법이기도 하다. 연작시 〈술〉 13편은 고루게 거둔 염항화시의 가작들인데, 거기에는 그의 산문시가 담지한 장점인 운율상의 특장이 주효한 것임을 예거해 본다.

술이
시를 쓴다.

시를 마신다.
침을 발라 떼어내고
쓸개집에 벗겨져

배설물에 섞이지 말고

피 속을 흐르라.

대동맥
정맥
모세혈관까지
흐르라.

사람에게서 사람에게로 흐르라.
길 터 흐르라.

―〈술·10〉全文

　나는 안전핀에 손을 얹고 너만이 아는 신대륙이 내 안
에 있을지도 모른다는 희망에 기대어 도리어 물이 올라
솜털 송송한 너를 생각한다 번개가 치면 천둥이 따라 울
던가 감당키 어려운 물기로 하늘은 빠르게 가라앉는다 내
가 떠올릴 수 있는 것은 이미 나를 거쳐간 것들이건만 여
기에선 낯이 설다
　무릎 꿇고 들여다보는 하늘 안에는 너만 보인다

―〈너만이 아는 신대륙이〉 2연

위에 引例된 두 시는 우선 형태적으로도 〈술·10〉
이 운율이 두드러진 자유시이고, 〈너만이 아는 신대
륙이〉가 산문시임이 쉽게 구별된다. 뿐만 아니라 두
텍스트가 서로 다른 형식이면서도 그 리듬은 두 작품
모두 잘 살아서 작자의 리듬감각이 뛰어남을 과시한
다. 韻律은 詩의 音樂的 形式이라는 명제가 잘 체현된
염향화의 위 두 형식은 그러므로 운율과 어조의 相互
의존성, 또는 律語互發性의 미학을 성취한 전범적 경
지라 해도 과언이 아닐 터이다.

먼저 〈술·10〉의 경우 리듬면에서 볼 때 주목되는
것은 종지부 외엔 아무런 구두점을 사용치 않고 있다
는 점이다. 하기야 우리 말에 의문부와 감탄부호 외에
구두점이란 휴지부(,)와 종지부(.) 밖엔 없으나 염
항화의 〈술·10〉엔 휴지부를 의도적으로 쓰지 않고
있다. 왜일까, 바로 리듬에 대한 배려 때문이다.

이 작품의 제5행과 제6행 사이에 空行을 두면서도
5행 끝과 6행 끝에 휴지부를 사용치 않은 것은 '쓸개
즙'(5행)과 '배설물'(6행)과 '피'(7행)의 서로 상극
하는 이미져리가 空行을 둠으로써 일단 각각의 아이
덴티티를 획득하지만 휴지부 따위로 그 호흡이나 선
명한 이미지가 단절됨이 없이 단숨에 연속적으로 읽
혀지도록 리듬을 배려한 소치라는 얘기다. 그럼으로
써 2·3조(3행)부터 發興키 시작한 화자의 詩를 마시는
행위가 3·3조(7행)의 경쾌한 돈호적 어조, 즉 피 속에
녹아 흐르는 詩야말로 "사람에게서 사람에게로 흐르
는" 진정한 휴머니즘의 문학이 되리라는 화자의 어조

(시인의 태도)가 분명히 드러나게 되는 것이다. 따라서 리듬과 어조 또는 정서는 불가분리적 상응관계에 있음이 염향화의 시는 그 아름다운 미학의 성취로써 구현하고 있다 하겠다.

그리고 리듬과는 전혀 관계가 없을 것 같은 散文詩의 경우, 염향화의 例詩 〈너만이 아는 신대륙이〉와 같이 이른바 散文律(prose rhythm)이 뛰어난 텍스트는 일반적으로 散文에는 없다고 하는 리듬이 있는 것이다. 다만 운문에 비해 불규칙적이거나 內在的인 운율이 존재하는 것이 이른바 散文律이다. 例컨대 "그러나 군사 정권 시대는 갔다"는 散文인데, 이것의 운율은 "강, 약강, 약강약약, 약강"의 불규칙한데 비해 운문율은 언제나 "약강, 약강, 약강, 약강"의 규칙을 밟아 나간다. 한국시의 경우 이 규칙, 불규칙이 절대적인 것은 아니지만 卍海의 성공적인 散文詩 〈님의 沈默〉이야말로 한국 散文詩의 散文律 또는 內在律이 성취된 무언의 스승이다. 이와같이 염향화의 散文詩는 위 텍스트 경우 발레리의 말마따나 그것은 散文으로 밖에는 쓸 수 없는 어떤 것(포에지)을 散文으로 쓴 詩이며 소리와 뜻이 위일융합된 境界이다. 특히 최종행 "무릎 꿇고 들여다보는 하늘 안에는 너만 보인다"는 소리와 뜻과 리듬은 散文詩行의 극치라 할 만하리라. 얼마나 애틋한 律呂이며 애절양의 어조란 말인가.

홍수 지나간 후 내에 가 보면
돌들은 파란 이끼를 벗었더군요

활기찬 송사리떼도 보이더군요

이 홍수에
껴안고 있던 욕망
떠나 보낼 수 있을지요
　　　　　　　　　　—〈홍수 지난 후〉부분

어느 땐 성큼 건너뛰고
어느 땐 돌아서 가며
뽑아내야지 생각만 하다
아이 턱 으깨지고 나서 돌을 뽑는다

뽑힌 돌에서 자꾸 어머니가 뵈더니
간 밤 꿈엔 내 가슴에
그 돌부리가 솟아 있었다
　　　　　　　　　　—〈돌부리〉부분

높아지고 싶다 그래서 그를 올라타려 한다
그의 몸뚱이가 또아리 틀어대는 것을 지켜보며
기회를 노린다
그도 만만한 구석이 있으리라
황홀한 근육질의 용틀임
내가 던진 미끼 나꿔채 먹는다
소용돌이가 한 번 일고는
잠잠하다
　　　　　　　　　　—〈나의 이야기〉부분

146

위 부분 텍스트들 중에 〈홍수 지난 후〉는 염항화 포에지의 無欲主義가 그의 단아한 會話體 가락(리듬)에 실려 은연한 화자의 어조를 드러내 보인다. 素月的인 아니마 지향의 어조지만 결코 소월류의 민요조가 아닌 가락은 염항화만의 리듬감각 소산이다.

두 번째 例詩 〈돌부리〉는 그의 人倫的 語調群의 텍스트를 대표하는 작품으로 이와 같은 자유시(free verse)에서도 그의 운율배려는 매우 의도적이다. 자유시, 즉 자유로운 운문시는 결국 음률을 배격 또는 배제하는 것이 아니라 염항화의 이 시에서처럼 리듬의 개성적인 변형을 말한다. 그러자니 토막글(행갈이)이 원칙인데 염항화의 〈돌부리〉는 박혀진 돌의 不動性과 그것을 피하거나 외면하던 비겁한 意識이 적극적인 의식으로 변형되는 바를 리듬의 변조에 효과적으로 실어내고 있는 것이다. 따라서 독자의 염항화詩의 어조에 대한 추수감은 자연스럽게 배가될 터이다. 곧 작품에 대한 공감도의 상승효과이다.

세 번째 例詩 〈나의 이야기〉는 이미 고급 독자의 간파가 앞설 터이지만, 이 자유시는 염항화 프로우즈 포임의 변형이다. 인용부분을 散文詩, 즉 줄글화 하면 다음과 같을 터이다.

높아지고 싶다 그래서 그를 올라타려 한다 그의 몸뚱이가 또아리 틀어대는 것을 지켜보며 기회를 노린다 그도 만만한 구석이 있으리라 황홀한 근육질의 용틀임 내가 던진 미끼 나꿔채 먹는다 소용돌이가 한 번 일고는 잠잠하다

염항화의 시문법이 비범함을 단적으로 드러내는 대목이다. 시 〈나의 이야기〉는 저와 같이 자유시(자유로운 운문시)로든 산문시(산문율의 줄글시)로든 시가 될 수밖에 없는 어조에 있는 것이다. 그러한 어조는 필링으로, 아우라로, 써재스션으로 그 텍스트를 읽게 하는 강점의 시문법이다. 염항화詩의 미학은 저토록 개성적인 가락(운율)에 독특한 아우라의 어조를 실어냄으로써 그의 아름다운 散文詩와 자유시의 새 지평을 이 시집에 열어 보였다 하겠다.

이제 단 6행 單聯의 小品인 듯한 텍스트 〈그림자〉가 결코 소품이 아닌 염항화詩의 총체적 語調의 美學을 거두고 있음을 음미하면서 척박하나마 이 시집의 해설을 가름하고자 한다.

내 안에
당신만 가득할 땐
그림자로 당신 곁에 가만 붙어 있습니다
당신 그림자로 지내는 것이
많이 행복해서
더럭 겁이 납니다

— 〈그림자〉全文

어여쁜 詩 〈그림자〉는 염항화의 思想과 미학이 집약된 雅正한 語調의 시다. 이 같이 아름다운 어조는 물론 老子 道德經(제9장)에 보이는 笑哲의 사상이다. 그 老子思想은 "金玉滿堂, 莫之能守이고 功逐身退, 天之

148

道"(금은보화가 집안 가득하면 그것을 지킬 길이 없고, 공적을 쌓으면 물러나는 것이 하늘의 이치다)라는 것이다. 그러므로 염향화의 '당신의 그림자로 사는 것조차 행복해서 겁이 나는 마음'(詩心·시정신)이야말로 얼마나 匡正하고 아름다운가(!)

염향화 시집

여자의 몸이 밝아 진다

지은이 / 염향화
펴낸이 / 김재엽
펴낸곳 / 한누리미디어

100-192, 서울 중구 을지로 2가 148-73
신화빌딩 401호
전화/(02) 2268-4514, 2278-4513
팩스/(02) 2268-4524

초판발행일 /2000년 8월 25일
2쇄발행일 /2000년 9월 30일

ⓒ 2000년 염향화 Printed in KOREA

값 5,000 원

ISBN 89-7969-161-0 03810